# FRAGMENT D'UN POÈME

## SUR

# LES CANCANOIS,

TIRÉ D'UN MANUSCRIT
TROUVÉ DANS LES RUINES DE BABYLONE.

## Paris,

DECOURCHANT et GALLAY, IMPRIMEUR et LIBRAIRE,
RUE D'ERFURTH, N. 1.

## 1826.

PARIS, IMPRIMERIE DE DECOURCHANT,
SUCCESSEUR DE LEBEL,
Rue d'Erfurth, n. 1.

# PRÉFACE.

Les premiers aperçus que l'on a donnés sur les Cancanois ayant été accueillis favorablement par le public, nous lui offrons aujourd'hui de nouveaux détails sur ce petit peuple singulier. De grands et savans écrivains nous ont précédés dans la carrière que nous abordons, et le nom de Cognetant surtout est connu dans tout le monde savant. A l'égard de cet opuscule, il est presque entièrement tiré d'un manuscrit que nous avons trouvé à Babylone, lors de notre voyage en Perse et en

Arabie. Cependant nous avons aussi pro-
fité des recherches de nos devanciers, et
nous en faisons ici le sincère aveu. Comme
l'ouvrage, dans l'original, est écrit en vers,
nous avons tâché de donner à la traduction le même agrément, espérant toute-
fois que le public aura pour notre poésie
toute l'indulgence dont elle a besoin, en
faveur des choses vraiment curieuses que
ce petit ouvrage renferme.

# LES

# CANCANOIS,

POÈME EN UN CHANT.

———————

Du grand Ninus les pâles successeurs
Depuis long-temps végétaient sur le trône.
L'art des combats et les lauriers vainqueurs
N'illustraient plus l'antique Babylone ;
Tout languissait, et cent peuples divers
De convoiter une telle conquête.
Mais on craignait de troubler l'univers,
Chacun gardait son projet en sa tête ;
Et, remplaçant les combats destructeurs
Par les détours de la diplomatie,

On combattait, mais par ambassadeurs,
C'est dire assez, sans nulle perfidie.
Or, vous saurez que les Babyloniens,
Gens ignorans et fort mauvais chrétiens,
Ne témoignaient que mépris, qu'arrogance,
A qui n'était de leur maudite engeance.
Certain faubourg, de la ville éloigné,
Pour héberger notre diplomatie,
Qu'ils recevaient sans trop de courtoisie,
Par ces païens fut alors désigné.
Sachez encor que ce peuple hérétique
Ne comprenait qu'un jargon diabolique,
Qu'assurément on écorche en enfer,
Et que sait bien le seigneur Lucifer.
A la faveur de cette circonstance,
Gens obligeans, sempiternelle engeance,
Gens de tout sol, et gens de tous pays,
Ici des Grecs, là des Juifs convertis,
Égyptiens, enfans de la Syrie,
Mages, Persans, gens de toutes couleurs,
Hommes sortis du fond de l'Arabie,
Dans Babylone, au dire des auteurs,
Apprirent tous, sans effort de génie,
Des habitans le sauvage jargon,

Fort dédaigné par la diplomatie ;
Car le parler n'était pas de bon ton.
Aussi bientôt la troupe aventurière
Courtoisement offrit son ministère
A qui voudrait grassement la payer ;
Ambassadeur alors de débourser ;
Et nos rusés, qui n'étaient pas des bêtes,
De s'engraisser en servant d'interprètes.
Notre faubourg cependant se peupla ;
Aussi bientôt *Cancans* on l'appela.
Cancans veut dire en langue chaldéenne,
Et qui pis est dans la langue syrienne,
Toute façon, en un mot, tout moyen,
De déchirer son frère ou son prochain.
De continuer ayez la patience,
Et vous verrez avec quelle raison
On réserva pour cette résidence
Le juste honneur d'un si noble surnom.
Mais tout-à-coup une autre colonie
Près de Cancans vint alors s'établir.
Du commerçant la féconde industrie
En peu de temps suffit pour l'enrichir ;
Car ses voisins, têtes fort ignorantes,
Ne faisaient rien, et vivaient de leurs rentes.

Muse, aide-moi; viens soutenir mes chants;
Dis-moi quels dieux, échappés du Tartare,
Versant le fiel d'une haine barbare,
Vinrent brouiller et Roture et Cancans.
Fiers de traiter affaires d'importance,
Les Cancanois, vraiment hommes d'Etat,
Aux Roturiers ne montraient qu'insolence,
Et les traitaient enfin du haut en bas (1).
De leur côté, ceux-ci raillaient sans cesse
De leurs rivaux les grands airs de noblesse :
Mais voyez donc, se disaient-ils entre eux,
Les Cancanois, ces hommes orgueilleux !
D'où viennent-ils? quel sang coule en leurs veines?
Sans doute ils sont de races patriciennes.
En vérité, je crois, par Lucifer,
Qu'ils sont bâtards du puissant Jupiter !
Peut-on douter, en regardant leur mine,
Qu'ils ne soient nés de céleste origine ?
On a beau dire, ils sortent de bon lieu,
Et sont au moins issus d'un demi-dieu ;
Mais dans Cancans une noblesse altière
Leur répliquait, sans se faire prier,
Honnête ainsi que les héros d'Homère :
Vils brocanteurs, qu'osez-vous espérer ?

S'écriait-elle ; obscurcir notre gloire ?
D'un cerveau vide audacieux projet !
Allez plutôt étaler à la foire....
D'un sol par mois calculez l'intérêt ;
Retirez-vous.... et si dans vos boutiques
Tranquillement vous pouvez trafiquer,
Rendez-en grâce à nous, grands politiques,
.Que vos clameurs prétendaient attaquer.
Puis on répond ; c'est à ne plus s'entendre.
Discorde alors de se frotter les mains,
Plus que jamais se mettant à répandre
Les noirs poisons qui brouillent les humains.
Succès fatal de la triste déesse !
C'était trop peu d'ameuter deux cantons :
Elle parvint par sa fatale adresse
A désunir maisons contre maisons.
Que vois-je, hélas ? et quel désordre extrême !
Injures, cris et malédiction.
J'en deviens sourd, et Jupiter lui-même,
S'il s'y trouvait, en perdrait la raison.
Ici la fille, au désespoir d'attendre,
Dit à sa mère, en mots peu caressans :
N'avez-vous pas assez trouvé d'amans ?
Ne pourriez-vous enfin chercher un gendre ?

...

Là j'aperçois la mère qui vieillit,
En accuser sa fille qui l'efface.
Tantôt monsieur va pour se mettre au lit,
Près de madame un autre a pris sa place.
Sexe charmant, mais un peu rancuneux,
C'est toi surtout qui, de la zizanie
En répandant l'esprit contagieux,
Accrut le bruit de la cacophonie !
Cruel Amour ! tu vins pour t'en mêler....
Et par tes soins augmenter le tapage.
Il est donc vrai, tu ne peux sommeiller,
Enfant malin, qu'au milieu de l'orage !
Tu déployas tes efforts séducteurs....
De tous côtés pour une seule belle
De traits brûlans tu frappais mille cœurs ;
Quand travaillant à grossir la querelle,
Pour un amant mille jeunes beautés
Sentaient leurs seins doucement agités.
Puis un galant, encore en sa jeunesse,
Charmait le cœur d'un minois édenté.
Malgré sa goutte et l'âge qui le presse,
Un vieux aimait jeune et tendre beauté.
Tout soupirait ; mais de contraires flammes
Tu triomphais, Amour, perfide Amour !

Tu ne devrais qué réunir les âmes ;
Pourquoi venir les brouiller sans retour ?
Peins-toi, lecteur, le scandaleux tapage,
Qu'on vit surgir en cette occasion.
Car je suis sûr, pour t'en tracer l'image,
Que j'y perdrais la rime et la raison.
De tous côtés la discorde domine :
Tout cède, hélas ! à ses efforts puissans,
De ces débats trop funeste origine !
On disputait pour le choix des amans ! ! ! (2)
C'était trop peu ; arrive en l'occurrence,
Au noir venin la dame Médisance.
En un clin d'œil elle est au fait du bruit,
Tout aussitôt en cent lieux le grossit.
A tout logis hardiment se présente,
Et poliment partout on la reçoit ;
A tout le monde elle paraît charmante
Par ses ragots, et cela se conçoit.
Quel doux plaisir, dans des temps de querelle,
De déchirer et le tiers et le quart.
Pour chaque jour c'était fête nouvelle,
Et tour à tour chacun avait sa part.
Quoi ! disait-elle, est-il vrai qu'en votre âme
De Philismon vous vantiez la douceur ?

D'être trompé s'il souffre le malheur,
C'est que souvent il compte avec sa femme ;
De son côté, la dame à ses amans
Connaît bien l'art d'arracher des présens.
Mais, dites-moi : que vous semble Glycère ?
Pour s'établir elle fait trop la fière ;
Il lui faudrait un satrape, je crois.
Eh ! quel beau zèle a donc surpris Dorine ?
Elle riait et dansait autrefois.
Dites-moi donc par quelle humeur chagrine
Elle défend aujourd'hui de danser ?
Qu'en vérité les vieux sont tyranniques !
Outrés de voir leurs attraits s'éclipser,
Tous jeux alors sont jeux diaboliques,
Et c'est pécher que d'aimer un plaisir
Dont ils jouiraient, s'ils pouvaient rajeunir !
Mais, à propos, la dévote Lydie,
A rabattu de sa sainte ferveur ;
Et savez-vous la raison, je vous prie ?
Elle a perdu Damon, son directeur.
En autre lieu bientôt la bonne dame
Pour déchirer prenait un autre ton :
En vérité, j'en gémis dans mon âme ;
Qu'ici l'on voit peu de dévotion,

S'écriait-elle, ah! que dans ma jeunesse,
Il m'en souvient, tout était différent !
Mais aujourd'hui je redoute sans cesse
Que Jupiter nous foudroie à l'instant.
Car de Junon l'on a manqué la fête ;
Et chaque jour c'est un oubli nouveau ;
Sans débourser on voit passer la quête,
Mais en enfer on verra s'il fait chaud.
Vous connaissez la vieille Euphrodasie :
Elle prétend, quel scandale, grands dieux !
Qu'il ne faut pas attrister notre vie
Par les éclats d'un zèle rigoureux ;
Que l'appareil d'un culte trop austère
Ne fait que nuire à la Divinité ;
Pour nous toucher, qu'il faut savoir nous plaire,
Et non toujours prêcher austérité.
Aussi bravant le poids de la vieillesse,
Elle aime encor tous les amusemens.
C'est en voyant s'amuser la jeunesse,
Que je réjouis, dit-elle, mes vieux ans.
Parlons un peu de la prude Clélie :
Quoique très-riche, elle ne se marie.
C'est singulier, dit-on de toutes parts,
Mais c'est qu'elle est à son second bâtard.

Ainsi parlait la dame Médisance,
Et dans Cancans tellement réussit,
Qu'elle en voulut faire sa résidence,
Et que jamais, dit-on, plus n'en sortit.
J'ai même lu, dans certaine chronique,
Que, sans tarder, les dames de Cancans,
Pour bavarder imitant sa tactique,
L'ont surpassée avant trois ou quatre ans.
Ce n'était plus partout que commérages,
Contes, ragots, qu'éternels bavardages.
Mais tout-à-coup, des prêtres de Memphis,
Gens ennemis et des jeux et des ris,
Qui ne prêchaient que rigueur, qu'abstinence,
Vinrent un jour débarquer à Cancans.
S'enfuit alors devant la pénitence
Ce qui restait de plaisirs innocens.
Et puis Cancans alors fit tant de bruit,
Que dans le ciel Jupiter l'entendit.
En vain il fait résonner son tonnerre,
Les Cancanois ne veulent pas se taire,
Mercure part. Le messager des dieux
Conjure, ordonne, et n'est pas plus heureux.
Enfin je vois, dit le fils de Cybèle,
Qu'il faut punir cette engeance rebelle,

Vous le voulez, disputez-vous toujours,
Ne vous livrez qu'aux médisans discours ;
Mais désormais vous ne saurez rien dire,
Lorsqu'il faudra se garder de médire.
Je vous réserve un autre châtiment
Pour vous punir de votre zizanie.
Fille, dit-on, aime ordinairement,
Sans trop tarder, de se voir établie :
Eh bien ! chez vous, procès, difficulté,
S'opposeront toujours au mariage ;
Du célibat le goût ressuscité
S'emparera de l'homme le plus sage ;
Enfin, un lien ne sera pas fixé
Que vingt procès ne l'aient embarrassé.
Il dit, hélas ! et sa voix menaçante,
Dans tout Cancans répandit l'épouvante.
Vain repentir ; la menace eut son cours ;
Les Cancanois disputèrent toujours.
Aussi, lecteur, si nous devons en croire
Ce que sur eux nous rapporte l'histoire,
Tout Cancanois au miracle criait
Quand par hasard fille se mariait.

# NOTES.

----

(1) Il ne faut pas croire cependant que les Cancanois fussent dépourvus de toute espèce de politesse ; mais ils en avaient une assez singu-lière. Nous allons en donner une idée par le dialogue suivant, que nous avons recueilli dans une comédie syrienne, où un personnage souhaite le bonjour à un Cancanois. « Bonjour, monsieur : comment avez-vous passé ?... — Monsieur, vous me faites honneur. — Et madame votre épouse ?— A votre service. — Et vos ènfans ? — C'est un effet de votre part ! — Vous êtes trop bon ! — Monsieur, je ne fais que mon devoir. »

Telles étaient les civilités des Cancanois, et nous pouvons assurer au lecteur que notre traduction est loin d'en rendre tout le piquant et tout l'esprit.

Nous ajouterons que les Persans avaient à

Cancans, comme partout ailleurs, une grande réputation de galanterie. Aussi lorsqu'un Persan adressait, selon son habitude, quelque compliment à une Cancanoise, celle-ci ne savait que répondre : *Ah ! monsieur, on voit bien que vous êtes persan !* Cependant ils ne réussissaient guère auprès de ces dames, elles étaient même déchaînées contre eux, parce qu'ils n'épousaient jamais.

(2) Nous avons ici traduit littéralement. Aussi supposons-nous que le grand Corneille aura pu avoir connaissance de ce manuscrit, puisque l'on trouve dans sa tragédie de Cinna deux vers qui sont évidemment une imitation de ce passage.

Romains contre Romains, parens contre parens,
Combattaient seulement pour le choix des tyrans.

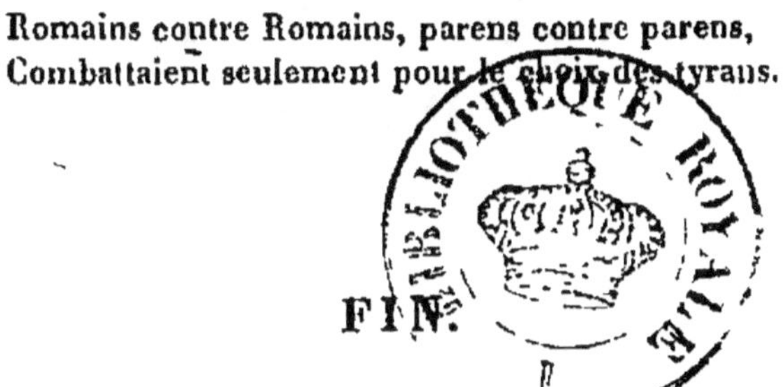


FIN.